Ralf Neubohn

Michael Kerawalla

Gartenschau-Phantasie

Mit viel Fantasy

Ralf Neubohn

Michael Kerawalla

Gartenschau-Phantasie

Mit viel Fantasy

Bibliografische Information der Deutschen Nationalbibliothek
Die Deutsche Nationalbibliothek verzeichnet diese Publikation
in der Deutschen Nationalbibliografie;
detaillierte bibliografische Daten sind im Internet
über www.dnb.de abrufbar.

Herstellung und Verlag: BoD – Books on Demand, Nordersted

ISBN: 978-3-7481-2636-2

Inhalt

Vorwort des Herausgebers Ralf Neubohn.................................7

2.Vorwort.. 8

Ralf Neubohn: Die Orakel von der Rems.........................10

Das mystische Gelände...11

Stonehenge in der Talaue..12

Die beiden Gartenschauen.. 13

Gartenschauromanze.. 14

Gratulation... 15

Nachts in der Gartenschau... 16

Der Schrecken der Gartenschau...................................... 18

Der Gartenschau-Mörder...20

Am Strand...21

Übertrumpft?... 23

Alltag auf der Gartenschau..25

Lesung.. 27

Konzerte?..28

Der Kronschatz...29

Guter Start ins Leben...30

Sensation..31

Mooropfer?... 32

Rätselhafte Wunder..34

Der Weihnachtsmann auf der Gartenschau........................35

Seeromantik...36

Heisse Dates.. 38

Drama um Herrn Besser-Weiss.......................................39

Freude... 40

Gartenschau Trilogie..41

Große Anerkennung...42

Carmen Neubohn: Gartenschau der Zukunft?.................... 43

Michael Kerawalla: Silby.. 44

Nachwort.. 58

5

Über den Autor Ralf Neubohn...59

Lesetipp: Der Roman..60

Zurück zu den Wurzeln...61

Lesetipp: Computerexpertin Petrulia.....................................62

EOCXTE - CD Shop.. 64

Besuch auf der Gartenschau.. 65

Lesetipp: Das Gartenschauwunder.. 66

Überraschung!... 68

Pech gehabt..69

Reizende Reise.. 70

Der Banküberfall.. 72

Vorwort des Herausgebers Ralf Neubohn

16 Städte und Gemeinden unterstützen die Gartenschau an der Rems. Das ist eine sehr beachtliche Leistung. Mit dabei sind derzeit: Böbingen, Essingen, Fellbach, Kernen im Remstal, Korb, Lorch, Mögglingen, Plüderhausen, Remseck, Remshalden, Schorndorf, Schwäbisch Gmünd, Urbach, Waiblingen, Weinstadt, Winterbach.

Sie haben Vorbildliches geleistet.

Auch die Städte Heilbronn und Ingolstadt haben ein wunderbares Konzept für ihre Gartenschauen erstellt.

Um diese wunderbaren Gartenschauen indirekt zu unterstützen habe ich mein Projekt „Gartenschau Triologie" gestartet, in der drei ganz unterschiedliche Bücher zu diesem Themenkreis erscheinen.

Viel Spaß beim Lesen!

Ihr Ralf Neubohn

2. Vorwort:

Die Gartenschauen finden wir so gelungen und für die Bürger wichtig, dass aus der geplanten Trilogie inzwischen nun sogar 8 Bände werden. Das ist so viel Arbeit, dass man in England aus Anerkennung für diese Leistung wohl geadelt oder sonst wie geehrt würde. In Deutschland muss man sich leider mit dem Gefühl begnügen, eine gute Sache mit allen seinen Kräften unterstützt zu haben.

Um für jeden Geschmack etwas zu bieten, haben die Gartenschaubände verschiedene Formen der Umsetzung. Es gibt heitere Bände, Krimis, eher sachliche Bücher usw.

Es sind bereits erschienen bzw. erscheinen noch:

Humorvolle Bücher mit leichtem Fantasyeinschlag:

„Flammenfeder live von der Gartenschau", „Gartenschau Phantasie".

Bücher mit Kurzkrimis und / oder schwarzen Humor:

„Die Gartenschau-Morde", „Tod auf dem Kaktus", „Neues vom 1. April, dem Waiblinger Altstadtfest und der Gartenschau".

Bücher mit eher informativen und leicht humorvollen Texten:

„Herzlich Willkommen Gartenschau", „Galaabend für die Gartenschau", „Abschiedsvorstellung für die Gartenschau".

Es würde uns sehr freuen, wenn Sie an den Bänden viel Freude haben und diese aus ganzem Herzen weiterempfehlen, damit auch andere Freude daran haben können.

Vielleicht sehen wir uns ja einmal auf der Gartenschau?

Bis dann, Ihr Ralf Neubohn

Ralf Neubohn

Die Orakel von der Rems

Auf dem Gelände der Gartenschau liegen auch die historischen Orakel-plätze, die jährlich hunderttausende von Pilgern anlocken. Seit der Antike ist der stetige Strom von Ratsuchenden nie verebbt.

Die Orakel befinden sich an fünf verschiedenen mythischen Orten. Am Waiblinger Hallenbad befindet sich bekanntlich der verwunschene, unheimliche See Bächlin, aus dem Nessie auftaucht, sobald Unheil droht.

Auf dem See schwimmen auch viele Schwäne und Enten aus deren Flug ein alter Pontifex Maximus namens Julius C. Omen herausliest. Er ist einer der bekanntesten Auguren und stammt noch aus der Römerzeit.

Wer aber nun eher dunkle Geheimnisse hat und Rat sucht, begibt sich um Mitternacht zur Wegkreuzung am See, bei welcher die Trauerweiden tief die Äste hängen lassen. Diese hängen so tief, da das Wissen was an dieser Stelle schon alles schaurige geschah, die Weiden belastet. Und weil die mythische Atmosphäre schwer auf der Gegend liegt. Drei aus Shakespeares Werken bekannte Hexen treiben dort ihr Unwesen und murmeln dunkle Orakelsprüche, die so manchen unglücklich machten. Wanderer, weiche von dannen!

Das mystische Gelände

Die Gartenschau befindet sich auf sehr geschichts- und sagen-trächtigem Gelände. Wo in Waiblingen einst das Schloss Camelot stand, steht heute das Waiblinger Rathaus. Unter diesem befindet sich noch heute der alte Schlosskeller, wo einst König Arthus und seine Ritter fröhliche Feste feierten. Von Camelot aus beschützten sie auch die riesige Fischereiflotte, die in der Rems Lachse fing. So viele Lachse, dass heute die Rems frei von Lachsen ist. Auf dem ganzen Gartenschaugelände bis kurz vor Schwäbisch Gmünd, wo einst die Gralsburg stand, zogen die Ritter zu wilden Abenteuern aus.

Auf verschiedenen Seen im Umkreis z.b. beim Waiblinger Hallenbad kann man noch heute um Mitternacht Schwäne sehen, die ein Boot übers Wasser ziehen, in dem Lohengrin und König Ludwig II. von Bayern sitzen. Oft wird auch das kleine Schiff gesehen, mit dem Feen den tödlich verletzten König Arthus in Sicherheit brachten.

Beliebt bei den Besuchern der Gartenschau ist die Remsterrasse. Vermutlich nach Vorbild der Brühlschen Terrasse in Dresden gebaut. Gelegentlich beschleicht einen das Gefühl, dass in Kürze sächsische Könige und ihre Hofleute darüber schlendern werden.

Überhaupt, zum gemütlichen Schlendern bietet sich das Gelände der Gartenschau an. Jede der teilnehmenden Städte hat besonders schöne Orte zur Verfügung gestellt und das Ganze wird gekrönt von Veranstaltungen der verschiedensten Art, z.B. Lesungen auf der Kunstlichtung und am See beim Waiblinger Hallenbad. Das alles und noch viel mehr muss man gesehen und erlebt haben. Es lohnt sich!

Stonehenge in der Talaue

Immer wieder wundern sich Besucher der Gartenschau, warum beim Dunkelwerden Elfen, Einhörner und andere magische Geschöpfe sichtbar werden. Dies liegt daran, dass einst auf der Talaue Schamanen einen heiligen Hain hatten. Nachdem dieser durch häufige Überflutungen durch die Rems zu starken Schaden nahm, bauten dort später Druiden den größten Steinkreis der Welt, Stonhengle dela Schwabia. Aus allen Ländern kamen Kranke und Ratsuchende hierher, um sich helfen zu lassen. Doch wie bei vielen Auengebieten gab der Boden mit der Zeit nach und der Steinkreis versank allmählich. Englische Magiere, die hier zu Besuch weilten, bauten später in England eine kleinere Kopie nach, die sie Stonehenge nannten. Doch die inzwischen heimatlosen Druiden, Elfen und anderen magischen Geschöpfe der Talaue führten lange ein rastloses Dasein, bis zur Gartenschau die Kunstlichtung in Form eines heiligen Haines errichtet wurde. Vor allem wenn dort abends Lesungen sind, können Lesungsbesucher im Schatten der Bäume Zuhörer aus anderen Zeiten schemenhaft sehen.

Die beiden Gartenschauen

Zweifellos sind die Gartenschauen in Heilbronn und an der Rems ein paar der schönsten, die es je gab. Sowohl von den Anlagen her, aber auch wegen dem wunderbaren Ambiente der Umgebung. Für jeden der seine Freude an den prächtigen Pflanzen auf dem Gartenschaugelände hat, stellt sich die Frage: Wie konnte diese verzaubernde Pracht entstehen? Das Geheimnis ist einfach und schon lange wohlbekannt: Nachts durchfliegen Elfen die Anlagen. Dabei hinterlassen sie ihren magischen Glanz, der sich auf alle Pflanzen wie Lack legt und diese besonders schön strahlen lässt. Besucher mit strahlendem Lächeln sind wohl früh morgens noch einer etwas verspäteten Elfe begegnet.

Ich wünsche Ihnen viel Spaß, in diesen verzauberten Elfengärten. Egal, ob an der Rems oder in Heilbronn: Ein Besuch lohnt sich!

Gartenschauromanze

Er sah das Mädchen an der Remsküste,
sie hatte wunderbare …. Ohren.

Ihr Anblick macht ihn froh,
vor allem der schöne … Ohrring.

Vielleicht würde das Schicksal ihn strafen,
doch wollte er mit ihr …. Ohrputzen.

Später flüsterte sie benommen:
„Hoffentlich werde ich kein … Ohrsausen bekommen."

Gratulation

Für die Gartenschauen in Heilbronn und an der Rems wurde nicht nur viel Herz und Ideenreichtum in Bezug auf Blumen gelegt, sondern auch der ganze Rahmen perfekt durchdacht. Um nur einige Beispiele zu nennen: Die Remsterrassen, die Kunstlichtung, die Remsinseln, die verschiedenen künstlerischen Projekte. Etwa die Lesungen, die Skulpturen, die Kuben und vieles andere mehr. Ein rundherum gelungenes Gesamtkonzept erwartete die Besucher. Gratulation an die Verantwortlichen und die ehrenamtlichen Helfer! So, müssen Gartenschauen sein!

Nachts in der Gartenschau

Nervös huschte er über das Gartenschaugelände. Immer wieder drehte er sich hastig um, aber niemand schien ihm zu folgen. Fahrig wischte er sich den Schweiß von der Stirn und lief eilig weiter. Seine Schritte hallten laut durch die menschenleeren Grünanlagen. „Warum habe ich nur darauf eingelassen?", fragte er sich immer wieder. „Ich habe doch gewusst, dass es gefährlich wird."

Ängstlich packte er die Aktentasche mit dem wertvollen Inhalt fester an sich. Ein lautes Geräusch ließ ihn zusammenfahren. Sein Herz stand für Sekunden still, so sehr hatte ihn die Kirchturmuhr erschreckt. „Ich muss mich zusammenreißen", dachte er und blickte sich um. Da! Folgte ihm nicht doch jemand? Nein, er waren nur Bäume am Gehwegrand. Der Wind bewegte sie sachte. In der finsteren Nacht sahen sie aus wie gefährliche Wegelagerer. Inzwischen hörte die Kirchturmuhr auf, vier Uhr zu schlagen.

„Nur noch ein paar Straßen weiter", schoss es ihm durch den Kopf. „Dann bin ich in Sicherheit!" Schnell rannte er die letzten Gehwege des Gartenschaugeländes weiter, hinein in die Innenstadt. Seine Schritte hallten dort laut in den Gassen, Menschenmassen schienen ihm zu folgen, doch das war nur das Echo.

Mit rasendem Herzen schloss er die Tür zu seinem Buchantiquariat auf, schlüpfte schnell hinein und warf sie fest ins Schloss. Er hatte es geschafft. Nachdem er erleichtert eine Weile an der Tür gelehnt hatte, streichelte er liebevoll die Aktentasche und ging ins Büro seines Ladens. „Ich habe doch gleich gewusst, dass ich es schaffen werde", sinniert er nicht ganz wahrheitsgemäß. Behutsam nahm der Buchantiquar den wertvollen Inhalt seiner Tasche heraus und betrachtete ihn glücklich. Verstohlen schaute er sich schnell im Büro um, doch er war nach wie vor allein. Zärtlich streichelte er über das soeben auf der Kunstlichtung beendete Manuskript von „Gartenschau Phantasie", um das ihn sicherlich viele Konkurrenten beneideten. Zuviele! „Das Buch wird ein Knüller!" rief er triumphierend in die Leere hinein und lachte noch ein wenig erleichtert vor sich hin. Seine Nerven hatten sich gerade wieder von der nächtlichen „Hetzjagd" erholt, als ihn ein plötzliches Geräusch aufspringen ließ. Unter einem Ladentisch raschelte es. „Ach, bin ich dumm", dachte er. „Das wird nur die Katze sein."

Es war sein letzter Irrtum im Leben.

Der Schrecken der Gartenschau

Immer häufiger berichteten Gartenschaubesucher, dass es auf dem wunderschönen Gartenschaugelände bei Einbruch der Dunkelheit höchst merkwürdige Geräusche gab. Gruslige Geräusche, die niemand irgendwie, irgendwas zuordnen konnte. Am ehesten entsprach dieses nervtötende „Klick-Klack" einem Skelett aus einem Gruselfilm, welches sich dort mit diesen Geräuschen bewegte.

Darum wurde der bekannte Forscher Van Surprisle beauftragt, diesem nächtlichen Spuk auf die Spur zu kommen. Van Surprisle rüstete sich gegen die Gefahren mit einem großen Kruzifix, einem Revolver mit geweihten Silberpatronen, einem Kranz aus Knoblauch und einem Holzpflock. Beim Austreiben von nächtlichen Schrecken konnte ihm niemand das Weih-Wasser reichen! Apropos Wasser: Natürlich nahm er in einer Wasserpistole auch Weihwasser mit, um damit diverse Unholde zu „erschießen". Er schleppte schwer an diesen vielen Gegenständen in der lauen Sommernacht. Durchlief immer wieder das große Gelände. Nichts! Überhaupt nichts zu sehen und hören! Oder doch? Ja, ganz leise erklang ein geheimnisvolles „Klick-Klack". Schlichen sich Skelette an ihn an? Klapperten Vampire freudig mit ihren Fangzähnen?

Er zog die beiden Pistolen. Entweder mit Weihwasser oder geweihten Silberkugeln würde er dem Spuk ein Ende bereiten. Leise bewegte er sich auf das schaurige Geräusch zu. „Klick-Klack" ertönte es beim Näherkommen immer lauter. Van Surprisles Nerven vibrierten vor Spannung! Auf welches schreckliche Geheimnis würde er stoßen? Welches unvorstellbare Grauen lauerte dort im großen Gebüsch? Würden ihn Monster anfallen und zerfleischen? Oder schoss er schneller? Die Chancen in der Dunkelheit standen unentschieden! Seine am Schutzhelm befestigte Lampe strahle in das Gebüsch und er sah… ja, leider ist es wahr… kaum zu glauben… Murmeltiere! Sie spielten dort mit Murmeln! Und wenn diese aneinander stießen, ertönte in der ruhigen Nacht überlaut „Klick-Klack"!

Zuerst lächelte unser tollkühner Forscher erleichtert. Dann überkam in ein riesengroßer, lähmender Schrecken: Wie lächerlich würde sich dieses Ereignis in seiner Biographie ausnehmen! Er sah schon die Leute ihn höhnisch auslachen! Das musste verhindert werden. Doch wie? Dieses „Klick-Klack" musste schließlich überzeugend begründet werden. Er brauche eine logische, nachvollziehbare Erklärung, die seinen Ruf nicht gefährdete. Da kam ihm die Erleuchtung! Am anderen Tag sagte er völlig glaubwürdig auf einer Pressekonferenz, dass den Bürgern keine Gefahr drohe. Im Schutze der Dunkelheit tanzten nur die Skelette von im Moor ertrunkener im Gebüsch miteinander Tango. So lange niemand dem betreffenden Gebüsch zu nahe kam, passierte ihm nichts.

Das betreffende Gebüsch wurde zur Hauptattraktion der Gartenschau, um das sich die Besucher in gehörigem Abstand neugierig bis tief in die Nacht drängten.

Und wenn die Murmeltiere nicht gestorben sind, dann spielen sie noch heute mit Murmeln.

Der Gartenschau-Mörder

Wie von einem eisigen Wind getroffen, erbebte sie am ganzen Körper. Ein Schauer ging vom Kopf bis in die Zehen. Ihrer Freundin fiel es auf und sie fragte besorgt: „Was ist los? Du zitterst ja so arg wie noch nie?"

„Still", antwortete diese. „Drehe vorsichtig den Kopf nach links, dann weißt Du was los ist."

Die Freundin schaute ganz vorsichtig in die angegebene Richtung und ihr entfuhr ein entsetztes: „Oh, mein Gott! Es ist der Gartenschau-Mörder! Wir haben keine Chance unser Leben zu retten!"

Mit hämischem Grinsen schaute sich der Gartenschau-Mörder um. Nirgends Wächter in sicht. Blitzschnell zog er sein Messer und schnitt ihnen den Hals durch. Den Hals der beiden Blumen, die eben noch miteinander gesprochen hatten. Die eine von ihnen steckte er sich ins Knopfloch seiner Jacke, die andere schenkte er seiner Verlobten, die auf diese Art schon viele Blumengeschenke erhielt.

Am Strand

Der Norweger Tör-Icht hatte sich mit seiner jungen Freundin am Strand verabredet. In ein paar Jahren könnte man diese wohl einen „steilen Zahn" nennen, jetzt nur „steile Zahnspange".

Noch nie trafen sie sich an diesem wunderschönen Strand. Voller Neugier erschien er zu früh zu ihrem Date. Standen wie an der Ostsee überall Strandkörbe herum? Spülten die Wellen Muscheln, Seesterne und Seepferdchen an Land? Er trat ans Ufer und sah das schöne, klare Wasser, die bezaubernde Landschaft um ihn her. Der Besuch hier lohnte sich, auch ohne die erhofften Ostseeattribute. Der künstlich aufgeschüttete Sand am Fluss lockte zum sich hinlegen und entspannen, bevor das wunderbare Gartenschaugelände anschließend zum Bummeln einlud.

Seine kleine, quirlige Freundin hieß Carmensitta und kam kurz nach ihm an. Dieser kesse Backfisch, falls heute noch jemand diesen Ausdruck versteht, eilte gleich begeistert auf ihn zu: „Lass uns erst im Wasser plantschen und dann Wellenreiten!"

„Gibt es hier keine Haie?", wollte Tör-Icht wissen. „Dummerjahn", antwortete sie naseweis. „Die gibt es nur im Meer oder in Köln."

„Wieso in Köln?" erkundigte sich Tör-Icht überrascht.

„Noch nie von den Kölner Haien gehört?", fragte Carmensitta schnippisch lachend, und sprang mit Anlauf in die Fluten.

Mit einem lauten platschen folgte er sofort ihren braunen Schweißfüßen.

Undeutlich glaubte sie am Ufer Pinguine zu sehen, doch die hielten sich doch in Krefeld auf? Oder waren es gar Wölfe? Aber die lebten doch in Wolfsburg?

Während Carmensitta mit Tör-Icht im klaren Wasser schwamm, irritierte sie irgendwas. Irgendeine unbedeutende Kleinigkeit machte das Mädchen stutzig. Zumal alle Strandbesucher zu ihnen herüber zeigten und lachten. Was amüsierte diese bloß so? Carmensitta

schaute an sich herunter. Alles OK, sie trug schließlich passenderweise den Badeanzug, in dem sie herkam. Daran lag es also nicht.
Da erstarrte sie: Tör-Icht badete in Jeans, Turnschuhen und Pullover.
Wie immer war er ihr ohne nachzudenken gefolgt. So eben
bemerkte er es selber rotwerdend. Carmensitta wartete gespannt,
wie er sich aus der Affäre ziehen würde.

Als sie am Strand an den Leuten vorbei liefen sagte er betont
cool: „Weißt Du, hier gibt es so viele Krebse. Darum habe ich die
Schuhe angelassen. Und Jeans und Pullover muss ich sowieso
anlassen, weil das Wasser die Sonne so anzieht und ich leicht
Sonnenbrand bekomme.“

Übertrumpft?

Die Stadt Quellburg hielt sich für den Nabel der Welt. Darum musste bei ihnen natürlich alles größer und besser sein, als anderswo. Doch an der Gartenschau schienen sie sich die Zähne ausbeißen zu müssen. Mehrfach besichtigten sie die Gartenschauen an Rems und Neckar, veranstalteten viele Sondersitzungen im Quellburger Rathaus, doch nichts fiel ihnen ein. Alles was sie in Heilbronn und dann an der Rems sahen, war perfekt. So perfekt geplant und durchgeführt, dass es nicht zu übertrumpfen ging. So allmählich begann sich Verzweiflung breitzumachen. Wie die Blumenbeete in Heilbronn übertreffen? Mit was die Remsterrassen, Kuben, Rems-inseln, Remsstrand überflügeln? Nichts, aber auch gar nichts konnte besser gemacht werden.

Da sagte ein Buchantiquar, selbst ein Örtchen wie Quellburg besaß einen: „Wir haben das falsch angepackt. Im Sommer können wir die Konkurrenz nicht ausstechen. Aber in einer anderen Jahreszeit!" Verblüfft hörten sich die Stadtoberen die raffinierten Pläne des Buchantiquars an, um sie anschließend unter großen Jubel zu feiern. Für seine überragende, geniale Idee erhielt der Antiquar im Gegensatz zu vielen seiner Kollegen eine große Ehrung der Stadt. Und als im Sommer 2019 die anderen Gartenschauen endeten, stieg die einzigartige, konkurrenzlose „Winterschau" in Quellburg. Und von nah und fern kamen die Touristen, um die Attraktionen zu sehen: Eisblumen, Schneesterne, sowie besonders bizarre Eis-zapfen. Zum Trinken gab es biologischen Schneetee für die Gäste und zum Essen frisch aus dem Fluss gehauenes, veganes Ökoeis zum Schlotzen.

Der Eiskaffee machte seinem Namen alle Ehre! Im Kaffee schwammen wie Eisberge im Nordpool große Eisstücke.

Wieder einmal hatte es Quellburg allen gezeigt. Dachten sie. Doch was es im Sommer 2019 an Gartenschauen gab, wird wohl nie übertroffen werden. Hip, hip, Hurra!

Alltag auf der Gartenschau

Wie allgemein bekannt ist, gilt das jetzige Gartenschaugelände als Schatzversteck von vielen Piraten. Von Blake bis Störtdenbäcker wird vermutet, dass sie ihre Schätze hier versteckten. Deswegen musste bei den Bauarbeiten für die Remsterrassen oder dem Anlegen neuer Gehwege auf der Talaue besonders aufgepasst werden.

Beim Versuch, von Schatzsuchern auf die beiden kleinen Inseln bei den Remsterrassen überzusetzen, sind schon viele in den reißenden Fluten der Rems ertrunken.

Neulich gab es unter den Gartenschaubesuchern große Aufregung. In der tosenden Rems, mit ihren vielen gefährlichen Strudeln, schwamm ein rosa Boot! Wie konnte nur jemand so ein großes Boot in dieser Farbe anmalen? Was für eine Idee! Wie Teilnehmer des jährlichen Ruderwettbewerbes Oxford-Cambridge zu ihrem Entsetzen feststellen mussten, war es leider kein rosa Schiff. Was sich da auf sie rasend zu bewegte, hieß Movvy Pinkle, der König der Punker Wale. Entsetzt konnten die Ruderer gerade noch auf eines der vielen Polarmeerfahrerschiffe fliehen, die von hier aus zu ihren Entdeckungsfahrten starteten.

Ein Bergungsschiff hatte gerade eben das Wrack eines bekannten Luxusliners geborgen und die Arbeiter ließen es vor Schreck wieder in die tiefen Fluten der Rems fallen.

Zum Glück hatte Movvy Pinkle schon gegessen und schwamm eilig an ihnen vorbei, um sich bei der Rundsporthalle ein Päuschen zu gönnen und die vielen Gartenschaubesucher zu betrachten. So ging also alles seinen gewohnten, täglichen Gang, zur Zufriedenheit aller.

Wenn Sie auf ihren vielen Spaziergängen über das Gartenschau-gelände Männern mit Schaufeln begegnen, können es Gärtner, Schatzsucher oder die sieben Zwerge sein, auf dem Weg zu ihrem Bergwerk am Rotenberg.

Lieber diese Zwerge nicht ansprechen, sonst werden sie von diesen zu einem Apfelessen eingeladen, was ja bekanntlich an märchenhaften Orten nicht ungefährlich ist.

Lesung

An einem schönen Gewässer trafen sich seit langem viele Menschen, um dort gemütlich zu relaxen.

Eines Tages ging ich mit einer Autorin hin, um dort eine Lesung zu veranstalten. Plötzlich zeigte sie aufgeregt hinter mich und rief ganz schockiert: „Da! Da! Schau mal!"

Ich fuhr sie streng an: „Mit nacktem Finger zeigt man nicht auf angezogene Leute! Das solltest Du schon als Kind gelernt haben!"

Die Autorin antwortete mit großen Augen: „Aber ich zeige gar nicht mit nacktem Finger auf angezogene Leute! Wir sind hier offensichtlich beim FKK gelandet!"

Entsetzt drehte ich mich um. Sie zeigte tatsächlich mit nacktem Finger auf nackte Menschen. Eine FKK-Lesung? Was war hier die passende Kleidung für einen Auftritt? Adams- und Evakostüm? Gab es Bücher in Körpergröße, hinter denen wir uns beim Lesen verstecken konnten? Leider nein. UFF!

Konzerte?

Viele Besucher bewunderten die künstlichen Inseln, die im Fluss aufgeschüttet wurden. Lange rätselten sie darüber, zu welchem Zweck diese dienten.

Sollten dort wie am Bodensee Konzerte umringt vom Wasser stattfinden? Oder waren sie eine Art St. Helena? Um dorthin missliebige Leute zu verbannen? Noch hat niemand den Zweck der Inseln herausgefunden. Es bleibt spannend.

Der Kronschatz

Seit Achim von Arnims Tagen ist es allgemein bekannt: Der Waiblinger Hochwachturm ist so etwas wie der Tower in London. Hier wird streng von den Wächtern bewacht, Ralf Neubohns Dichterkrone aufbewahrt, auf die es schon der Räuber Motzenklotz, sowie der Schinderhannes abgesehen hatten. Als eines Tages Inspektor Gousgous und ein Gendarm von St. Trompets nicht acht gaben, konnte das Unfassbare geschehen. Ein indischer Fakir drang mit seinem fliegenden Teppich in die Kronkammer ein und flog in Minutenschnelle wieder hinaus. Zweifellos wäre er entkommen, wenn bildlich gesprochen sein Wagen keinen Platten gehabt hätte. Der Teppich zog nämlich Fransen. Während er so in der Luft auf der Stelle schwebte und vor dem Hochwachturm seinen Teppich flickte, entdeckten ihn die Menschenmassen und riefen: „Gib dem Dichter, was dem Dichter gebührt!" Vor Rührung über diese Hingabe des Volkes gab der Inder Neubohns Dichterkrone zurück, eröffnete in Waiblingen das erste indische Lokal. Und wenn er nicht gestorben ist, dann kocht er noch heute. Auf seinen Einfluss hin, entstanden auch die ersten Teppichhäuser in der Region, auch wenn deren Teppiche zum Kummer der Kunden nicht fliegen konnten. Dafür gab es mit der Zeit immer mehr fliegende Händler, auf welche viele Bürger hereinflogen.

Guter Start ins Leben

Heutzutage brauchen Kinder:

- Designerkleidung
- Teuere Uhren
- Internet
- Computer
- Partys
- Handys

- Lebensweisheiten?
- Gute Bücher?
- Vorbilder?
- Innere Werte?
- Bildung?
- Wozu?

Sensation

Als ich mich eines Tages nach einer Lesung bei den Kuben auf den Heimweg machte, erfüllte mich noch lange danach eine große Zufriedenheit. Nichts, aber auch gar nichts ist so schön, wie auf der wunderbaren Gartenschau zu lesen. Plötzlich riss mich ein außergewöhnlicher Anblick aus den Gedanken. Ein ungeheuer großer Fluss mündete in die Rems. So breit, wie der Amazonas. Ob es darin auch Kaimane gab? Oder gar Piranhas? Welcher gewaltige Strom mündete überhaupt hier in die Rems? Der Neckar? Aber der war doch nicht so ein gewaltiger, reißender Strom? Rätselhaft. Noch nie hörte ich von diesem beeindruckenden Naturereignis. Daheim schlug ich in mehreren Waiblinger Büchern über dieses Wunder nach, auf der Suche nach dieser gigantischen Überraschung. Dann fand ich endlich die Wahrheit. Nicht zu glauben. Die völlig verblüffende Antwort lautete: Kätzenbach! War der echt so groß? Hatte ich zu lange in der heißen Sonne vorgelesen? Die Leser dieses Buches können bei ihrem nächsten Besuch der Gartenschau selbst nachprüfen, welche der beiden Lösungsmöglichkeiten die Richtige ist.

Mooropfer?

Herr Richard T. Odschläger legte den Gruselroman zur Seite. „Wirklich", dachte er. „Wer glaubt schon an Sumpfgeister, Moorhexen und an das Wiedererwachen von rituell ermordeten Mooropfern?" Ein kühler Wind blies darauf durch den heiligen Hain. Heiliger Hain? Ich wollte sagen, durch die Kunstlichtung auf der Gartenschau. Er versuchte seine Nerven durch das Lesen von „Neubohns Krimihäppchen" zu beruhigen, aber die aufregenden Morde darin bewirkten das Gegenteil. Herr T. Odschläger las so gebannt, dass ihm die einbrechende Dunkelheit nicht rechtzeitig auffiel. Als er Neubohns Buch beiseite legte, verspürte er einen kalten Schauer auf dem Rücken. Das sichere Zeichen von Unheil. Aber hier waren doch wohl keine Mörder aus Neubohns Krimis unterwegs? Vielleicht doch? Aber noch mehr beunruhigte ihn das Gruselbuch von vorher. Ist die Talaue nicht früher sumpfiges Gebiet gewesen? Könnte es hier nicht doch Mooropfer, Sumpfgeister und Moorhexen geben? Fanden nicht die Ritualmorde in heiligen Hainen statt? Spähten nicht zwischen Bäumen mordlustige Augen nach ihm? Auf dem Gehweg erklang höhnisches Lachen. Kicherten nicht so Hexen? Vorsichtig blickte das nervöse Nervenbündel zu den beiden Gestalten, die in seine Richtung liefen. Sie trugen Besen! Also doch Hexen! Da blieb nur die Flucht! Von Panik gehetzt floh der Held dieser Geschichte weg von diesem ehemaligen Auengebiet. Rannte wie von Furien gehetzt Richtung Sicherheit. Überall begann es unter Bäumen zu rascheln, mordlustige Augen schienen nach ihm zu schauen. Baumzweige griffen nach ihm!

Wie durch ein Wunder entkam Herr T. Odschläger. Tage später fiel ihm Neubohns Buch: „Flammenfeder live von der Gartenschau" in die Hände und die mythologischen Stellen darin bestätigten ihn in der Ansicht, dass Moorhexen auf der Talaue ihr Unwesen trieben.

Überall erzählte er von seinen Schrecken. Eines Tages kam diese Erzählung auch zwei Straßenfegerinnen zur Kenntnis, die kichernd meinten: „Wir haben dort Nachts nie Hexen gesehen. Wir sahen aber oft Pärchen, die wohl anderes als Hexerei im Kopf hatten. Einmal sahen wir auch einen Verrückten, der in tiefer Nacht wild schreiend durch das Gelände rannte."

Rätselhafte Wunder

Bei vielen Gartenschauen wunderten sich die Besucher, warum jedes Mal früh morgens die Gehwege völlig unter Wasser standen. Wo kam nachts nur das viele Wasser her? Nächtliche Regengüsse kamen als Erklärung nicht in Frage, da die Blumenbeete und Wiesen keinerlei Feuchtigkeit aufwiesen. Aus diesem Grund schied auch die Möglichkeit aus, dass die Gärtner zuviel Wasser zum Blumen gießen verwendeten.

Dieses Rätsel beschäftigte schon viele Menschen. Doch als Autor von acht Gartenschaubüchern bin ich sozusagen Experte und dem Wunder auf die Spur gekommen. Um diese Lösung praktisch zu testen, schlich ich mich mit einer Infrarotkamera auf ein Gartenschaugelände, versteckte mich abends auf einem Baum und wartete gespannt. Die Zeit verging, nichts passierte. Hatte ich mich trotz meiner großen Erfahrung getäuscht? Die Temperatur sank, ich fror furchtbar. Sollte ich geschlagen heimgehen, bevor ich mich erkältete? Nein, für meine Gartenschau-Trilogie musste ich Fakten über diese seltsame Angelegenheit sammeln. Da! Der Fluss warf immer mehr sich verstärkende Wellen! Höher und höher schlugen sie. Zum Schluss bis hoch zum Gehweg. Aus den Wellen entstiegen Wassermänner und Nixen, welche dann über die überfluteten Gehwege staunend und bewundernd an den Blumenbeeten vorbeiflanierten. Nach einer Weile stiegen sie zufrieden seufzend in die Wellen und zogen sich mit dem Wasser zurück. Nichts kündigte mehr von ihrem Besuch, als nasse Gehwege. Sollten Besucher im Jahre 2019 oder 2020 bei einer Gartenschau auf feuchte Gehwege stoßen, so hat sich vielleicht dieser geheimnisvolle Besuch wiederholt. Denn es könnte ja sein, dass auch in anderen Seen oder Flüssen geheimnisvolle Blumenliebhaber leben.

Der Weihnachtsmann auf der Gartenschau

Auf dem Gartenschaugelände rief ein kleines Kind voller Freude: „Schau mal Mami, der Weihnachtsmann!"

Die Mutter tadelte das Kind: „Aber Harold! Der Weihnachtsmann kommt erst im Dezember! Doch nicht jetzt schon!"

Doch das Kind blieb hartnäckig: „Bestimmt besucht er öfters Gartenschauen. Er muss ja schließlich in seiner Freizeit irgendwas machen. Mensch, wie viele Bücher er mit sich trägt!"

Nun hatte auch die Mutter den Weihnachtsmann erspäht. Unglaublich, es gab ihn also wirklich! Vor ihnen lief er mit seinem roten Mantel, der Mütze und vielen Buchgeschenken in der Hand. Nicht zu fassen!

Noch jahrelang erzählte sie allen Menschen, wie ihnen der Weihnachtsmann auf der Gartenschau über den Weg lief. Es fehlte nicht viel und man hätte die arme Frau in eine Anstalt eingewiesen.

Was Muter und Kind nicht wissen konnten: die Gestalt war gar nicht der Weihnachtsmann gewesen, sondern Ralf Neubohn. Beladen mit Büchern für seine Lesung und noch in Bademantel und mit Schlafmütze bekleidet, weil er mal wieder verschlief. Alte Greise wie er brauchen eben viel Schlaf.

Seeromantik

Beim See am Hallenbad stand eine Lesung an. Der vortragende Autor Ludwig Lesi-Les wollte nicht wie seine Kollegen in den letzten Wochen an Land lesen, sondern von einem Boot auf dem See aus. Das Publikum sollte dort auf der Mauer mit den Gesichtern zum See sitzen.

Er mietete ein Ruderboot bei einem Verleih und versuchte es am Lesungstag mit Bekannten zusammen zum Ort des Geschehens zu tragen. Doch ach, das nasse, schwere Boot rutschte ihnen immer wieder aus den Händen, während die Zeit davon flog. Lesi-Les sah ein, dass es so nicht mehr rechtzeitig zu schaffen ging. Aber was tun? Die Lesung vom Boot aus stand überall in den Zeitungen angekündigt! Fiel sie aus, so war er bis auf die Knochen blamiert! Da kam ihm die rettende Idee: Daheim lag in seinem Keller noch ein Schlauchboot vom letzten Urlaub. Sofort eilten sie zu ihm heim, holten das zusammengefaltete Schlauchboot und rannten damit in größter Eile zum See. Die Uhr rückte gnadenlos vorwärts. Würde die Zeit zum Aufblasen des Bootes reichen? Da sie vom Rennen atemlos waren, ging das Aufblasen nur sehr langsam voran. Die ersten Lesungsbesucher erschienen inzwischen. Mit seinen letzten Atemkräften schaffte er das Aufblasen doch noch rechtzeitig! Sie ließen das Boot zu Wasser, der Autor stieg ein und wollte mit Lesen anfangen. Wollte, aber es klappte nicht. Vom Rennen und Boot aufblasen war er zu sehr außer Atem. Das Publikum begann zu buhen. Die ersten Besucher gingen wieder, bevor er loslegen konnte. Doch den inzwischen ruhigen verbliebenen Zuhörern las Lesi-Les seine besten und witzigsten Texte vor. Doch keiner lachte oder klatschte. Allmählich wurde der Autor nervös, suchte immer bessere Texte aus, doch an Land regte sich nichts. Die Zuhörer blieben stumm.

Mit zitternden Händen zündete er sich eine Zigarette an, um seine Nerven zu beruhigen. Während des Lesens fiel ihm diese unbemerkt ins Schlauchboot, brannte ein Loch in den Plastikboden, so dass er wie ein Kapitän mit seinem Schiff unterging. Das Publikum raste vor Begeisterung, klatsche und lachte ohne Ende. Zum ersten Mal in seinem Leben forderten seine Zuhörer eine Zugabe, als er Nass und voller Algen aus dem Wasser stieg.

Im Publikum saß die Autorin Berta Babbelbergle und dachte verächtlich: „Wie kann jemand nur so blöd sein! Ich werde es nächste Woche viel besser machen, als dieser Schwachkopf!"

Am Tag ihrer Lesung saß sie bereits in ihrem Schlauchboot, als die Zuhörer erschienen. Im Gegensatz zu ihrem Kollegen von neulich, war sie voll bei Stimme und trug keine Zigaretten bei sich. So standen die Chancen für eine erfolgreiche Lesung sehr gut. Eigentlich. Aber der Wind trieb das Schlauchboot immer weiter vom Ufer weg, so dass die Zuhörer sie schließlich nicht mehr hören konnten. Da Berta Babbelbergle nur nach vorn zu ihrem Publikum sah, merkte sie leider nicht, dass der Wind sie langsam aber sicher ins Schilf trieb. Ins Schilf, in dem gerade die Wildenten und Schwäne brüteten. Als das Boot dort in ihr Brutgebiet eindrang, attackierten diese natürlich sofort Boot und Autorin. Welcher die Flucht nur schwer blessiert gelang.

Das Publikum tobte vor Begeisterung über diese hochdramatische Einlage und schwor sich nach zwei so unterhaltsamen Lesungen künftig keine einzige mehr zu verpassen und die Lesungen komplett per Handy oder Kamera aufzunehmen.

Wenn Sie mal auf der Gartenschau großen Horden von Leuten mit Fotoapparaten, Filmkameras und Stativen begegnen, sind diese wohl auf dem Weg zur Lesung am See

Heisse Dates

Dieter Dietrich Demenzle vereinbarte mit Sonja Senili ein Rendezvous auf der Gartenschau. Leider kann darüber aus nahe liegenden Gründen nichts näheres berichtet werden. Sie vergaßen beide den Termin. Oh, weh!

Während es beim Stadtbekannten Schmalspurromeo Don Juan dela Rendezvous und Caroline Casanovalinchen klappte. Allerdings fing das Date nicht besonders hoffnungsvoll an. Sie schnupperte und fragte: „Hast Du ein neues Deodorant?"

Don Juan freute sich über ihr Interesse und antwortete stolz: „Ja, es heißt Sommerlandluft!"

Caroline erwiderte würgend: „Ach, daher der Geruch nach Jauchegrube, wobei das Deodorant auch Kanalduft, Knoblauchwonne oder Stinktierromanze heißen könnte."

Ich will es nicht beschwören, aber es scheint fast, als habe an dieser Stelle ihre Beziehung aus unerfindlichen Gründen einen kleinen Knacks bekommen. Wenn sie das Pärchen auf der Gartenschau sehen, ging doch noch alles gut, wenn nicht, wurde die ursprüngliche Zuneigung hinweggeduftet.

Drama um Herrn Besser-Weiss

Der Oberstudienrat Herr von und zu Besser-Weiss gehörte zu der Sorte der besonders pedantischen-rechthaberischen Menschen.

Aus irgendwelchen dunklen Gründen gelang es ihm, bei der Gartenschau eine Führung zu veranstalten. Die ihm anvertrauten Besucher stöhnten bald über seine trockene, belehrende Art. Diese einfach „oberlehrerhaft" zu nennen, wäre stark untertrieben gewesen. Als es ihm schon nach 30 Minuten erfolgreich gelungen war, den Besuchern jede Freude am Leben und an der Gartenschau zu nehmen, hielten sie an einem besonders schönen Pflanzenbeet.

Herr Besser-Weiss dozierte über die Wirkung von Heilpflanzen und wie sie schon seit Jahrhunderten die Menschen von ihren Leiden befreiten.

Erst kicherte ein Mädchen leise, bevor alle anderen laut schallend zu lachen begannen. Dem Oberstudienrat blieb vor Verblüffung die Spucke weg. Dass er Menschen zu Tode langweilte, machte ihm stets viel Freude. Aber dass er diese zum Lachen brachte, verwirrte ihn. Eine junge Frau glückste kichernd: „Stimmt. Mit diesen Pflanzen wurden sicherlich schon viele Menschen von ihren Leiden erlöst."

Erst jetzt las Herr Besser-Weiss die Pflanzennamen: Schierling, Roter Fingerhut, Wolfsmilch, Küchenschelle, Tollkirsche, Herbstzeitlose und Bilsenkraut.

Vor Scham wurde er so rot wie der Fingerhut und hätte am liebsten alle Pflanzen des vor ihm ruhenden Giftpflanzenbeetes gegessen!

Freude

Für mich sind Gartenschauen immer eine große Freude, eine Überraschung, auf die ich mich schon lange vorher freuen kann. So, wie in der Kindheit auf Weihnachten. Und sind dann z.B. die schönen Gartenschauen 2019 vorbei, kommen schon bald die vielversprechenden Gartenschauen von Überlingen und Ingolstadt. Während ich also genussvoll durch die aktuellen Gartenschauen schlendere, kann ich mich schon vorab auf die folgenden freuen.

Und es ist auch spannend: Lahr und Würzburg haben 2018 Maßstäbe gesetzt. Können 2019 die Gartenschauen mithalten? Was werden sie gleich oder anders machen? Wie werden 2020 die Veranstalter ihr Konzept angehen? Ähnlich wie 2018 oder wie 2019? Oder ganz anders? Es bleibt spannend!

Gartenschau Trilogie

Nach dem Buch ist vor dem Buch, wie es für Autoren wie mich passenderweise heißt. Meist beginne ich nach der Beendigung eines Buches sofort ein neues zu schreiben. Manchmal einfach ein unterhaltsames Buch, gelegentlich aber auch ein Buch, dessen Thema mir sehr wichtig ist. So, wie die Bücher der Gartenschau Trilogie. Denn ich finde es sehr beeindruckend, dass sich an der Rems 16 Städte und Gemeinden für ein gemeinsames Projekt entschieden haben. Ein sehr wichtiges, großes Ereignis.

Aber auch die Gartenschau in Heilbronn versprach schon im Vorbereitungsstadium Außerordentliches. Eine unvergleichliche Blütenpracht in stilvollem Ambiente. Diese beiden Gartenschauen wollte ich unterstützen, für sie werben. Aber wie? Ein reines Fachbuch über diese beiden Gartenschauen? Ein Bildband? Nein, ich entschied mich bedauernd dagegen. Zweifellos gab es in den zahlreichen Medien schon viele Berichte darüber und wahrscheinlich arbeitete auch bereits jemand anderes an derartig wichtigen Büchern. Aber was blieb mir dann? Wie konnte sonst für die Gartenschauen geworben werden? Wie sollten die Bürger neugierig auf diese Veranstaltungen gemacht werden? Wie ihr Interesse geweckt? Lange überlegte ich.

Es lag mir sehr am Herzen, diese beiden außerordentlichen Veranstaltungen indirekt zu unterstützen. Da kam mir die Erleuchtung: Mit unterhaltsamen, heiteren Texten, in denen einiges von den Höhepunkten der Gartenschauen vorkam. Etwa die Kuben, die Remsterrassen usw. Die heiteren Texte sollten die Leser zu den Gartenschauen locken, um sich selber ein Bild der erwähnten baulichen Höhepunkte zu machen. Und es funktionierte. Schon viele Leute sagten mir im Vorfeld der Gartenschauen: „Als ich Ihre beschwingten Texte las, wurde ich sehr neugierig und wollte das Gartenschaugelände unbedingt mit eigenen Augen sehen. Mich davon überzeugen, ob die Anlagen dort wirklich so schön sind."

Und mehr wollte ich mit den vielen Büchern zu den Gartenschauen nicht erreichen. Die verschiedenen Textarten: Krimi, heitere Kurzgeschichten, Fantasy wählte ich deshalb, weil ja jeden Leser was anderes anspricht.

So viele Bücher zu schreiben war wirklich sehr harte, zeitraubende Arbeit. Doch jeder einzelne zusätzliche Besucher, den es zu den Gartenschauen bringt, hat diesen Arbeitseinsatz gerechtfertigt.

Große Anerkennung

Die Gartenschau 2019 an der Rems hat einen sehr, sehr großen Pluspunkt. Es wurde wert auf Nachhaltigkeit gelegt. Die Baumaßnahmen wie z.B. die Kuben, die Rems-Terrassen, die Kunstlichtung kommen den Bürgern auf lange Sicht zu gute. Noch Jahre nach der Gartenschau können diese Projekte von den Bürgern sinnreich genutzt werden. Diese Nachhaltigkeit ist sehr wichtig, da es den Kulturraum Rems bereichert.

Was ebenfalls sehr gut ist: Die Bauwerke können ganz allgemein genutzt werden oder auch als Hintergrund für spezielle Veranstaltungen. Sie sind also universell nutzbar und somit besonders wertvoll. Den Verantwortlichen daher an dieser Stelle ein sehr großes Lob!

Carmen Neubohn

Gartenschau der Zukunft?

Irgendwo außerhalb der Städte Deutschlands ist eine Gartenschau angelegt, die man durchgehend besichtigen kann. Es ist eine Erholungsstätte für die Menschen geworden. Wahrhaftig gibt es dort noch richtige Blumen, Gewächse und Bäume. Nicht wie in der Stadt, wo alles künstlich ist. Gepflegt wird die Gartenschau von Landschaftsgärtnern. Aber freilich muss man auch das Gesumme und das gestochen werden von Bienen, Wespen und so weiter in Kauf nehmen.

Um dorthin zu gelangen reist man in Flugobjekten, welche die altmodischen Fahrzeuge wie Autos oder Fahrrad ersetzt haben hin.

Aber es gibt auch Menschen, die das Grüne wieder in der Stadt haben wollen, denn der Besuch der Gartenschau kann man sich nicht oft leisten, da der Eintritt sehr hoch ist. Denn davon werden die Gartenschaupflege und die Bezahlung der Landschaftsgärtner bestritten.

Immer heftiger werden die Proteste der Bürger für die Umwelt mehr zu tun. Auf das schärfste wird die Vernichtung der Wiesen, Parks und Wälder verurteilt.

Tun wir alles, damit dies nur eine Zukunftsvision bleibt und niemals soweit kommt!

Michael Kerawalla

Silby

Robert war einer der Gärtner, die sich auf der Gartenschau um die Anpflanzungen kümmerten. Mit seinen fünfundvierzig Jahren hatte er schon zahlreiche Gartenschauen betreut und seine Anlagen waren stets mit viel Liebe zum Detail entstanden. Er hatte immer wieder wunderschöne Beete angelegt, welche die Besucher begeisterten und in Erstaunen versetzten! Doch dieses Jahr wollte sich die Pflanzung einfach nicht recht entfalten. Er hatte auch diesmal die richtigen Pflanzen für den Standort ausgewählt, hatte die Bodenqualität geprüft und für ausreichende Bewässerung gesorgt. Auch das Wetter hatte mitgespielt, so dass die Pflanzung eigentlich zu voller Pracht gedeihen sollte, jedoch wollten die Büsche und Blumen einfach nicht so recht wachsen und blühen. Da auch keine Schädlinge den Pflanzen zusetzten, war Robert schließlich mit seinem Latein am Ende. Seine Kollegen wussten auch keinen Rat, so wanderte der Gärtner eines Abends nochmals besorgt durch die Anlage. Nur wenige Tage verblieben noch bis zur Eröffnung der Gartenschau. Wie schon so oft prüfte er den Boden und suchte nach Schädlingen, aber es war alles in Ordnung. Da hörte er plötzlich einen Hilferuf! Robert schreckte hoch. Um diese Zeit durfte sich doch niemand auf der Anlage aufhalten. Wieder hörte er den Hilferuf. Das war doch die Stimme eines jungen Mädchens. Wie war die denn auf das abgesperrte Gelände gelangt? Der Gärtner erhob sich und lief los in Richtung des Rufes. Er brauchte nicht lange zu suchen. In der Krone eines nahegelegenen Baumes sah er schließlich das Mädchen, dessen linker Fuß sich in einer Astgabel verfangen hatte. Sie konnte sich nicht selbst befreien, also holte Robert rasch eine Leiter und stieg zu ihr hinauf. Wenig später hatte er ihren Fuß aus der Umklammerung gelöst und half ihr dann auf, worauf sie sich kleinlaut bedankte.

Doch als das Mädchen versuchte, auf ihrem verletzten Fuß zu stehen, stieß sie nur einen Schmerzensruf aus und zog das linke Bein an. »So kannst du nicht über die Leiter absteigen«, meinte Robert und überlegte kurz. »Dann muss ich dich wohl tragen. Halt dich gut an mir fest«, sagte er an das Mädchen gewandt. Sie war allerhöchstens sechzehn Jahre alt und recht zierlich, so dass sie der kräftige Gärtner sicher heben konnte. Nachdem sie etwas verlegen die Arme um seinen Hals gelegt hatte, umschlang er ihre Hüfte und hob sie ein wenig an. Dann hangelte er sich langsam und vorsichtig die Leiter hinunter, was mit nur einer freien Hand nicht ganz einfach war, doch schließlich erreichten beide sicher den Boden, wo Robert das Mädchen zuerst einmal sitzend gegen den Baumstamm lehnte. Sie hatte ein hübsches Gesicht und lange, helle Haare, die bis zum Rücken herunter reichten. Ihr grünes Kleid endete in einem kurzen Rock. Schuhe schien sie keine zu besitzen. Der Gärtner untersuchte kurz ihren verletzten Fuß, was sie mit schmerzverzerrtem Gesicht erduldete. »Hast Glück, der ist wohl nicht gebrochen, nur gequetscht und verstaucht. Trotzdem sollte sich das ein Arzt ansehen.« Er sah kurz auf seine Armbanduhr. »Um diese Zeit sind alle Praxen schon geschlossen, da muss ich dich wohl zum Notdienst fahren.« Das Mädchen sah ihn darauf nur fragend an. »Sag mal, wie heißt du und wie bist du überhaupt hierher gekommen?«, fragte Robert verwundert.

»Mein Name ist Silby. Ich war gerade auf einem Kontrollflug und habe nicht richtig aufgepasst, deswegen bin ich in den Baum gestürzt«, war die überraschende Antwort des Mädchens.

Robert sah sie ungläubig an. »Hör auf mich zu veralbern. Du kannst doch gar nicht fliegen!«

»Und ob ich fliegen kann!«, rief Silby empört und entfaltete zwei Paar libellenartige Flügel auf ihrem Rücken. »Schließlich bin ich eine Elfe! Alle Elfen können fliegen!«

Der Gärtner bekam große Augen und schüttelte sich. Das Mädchen hatte tatsächlich Flügel! Aber das konnte doch gar nicht sein! Elfen gab es doch nur im Märchen. Er träumte das doch gerade nicht. Trotzdem saß da vor ihm ein Mädchen mit Flügeln, das behauptete eine Elfe zu sein! »D ... du bist ... wirklich ... eine Elfe ... und ... kannst fliegen?«, stotterte er verwirrt.

»Normalerweise ja, aber bei dem Sturz ist einer meiner Flügel verletzt worden, so dass ich nicht mehr abheben kann«, gestand Silby kleinlaut.

In der Tat war der linke vordere Flügel zur Hälfte eingerissen, wie Robert jetzt bemerkte. »Tut das weh?«, fragte er vorsichtig.

»Nur wenn ich den Flügel bewege«, antwortete Silby und klappte ihre Schwingen wieder zusammen.

Der reichlich verwirrte Gärtner ordnete erst einmal seine Gedanken. Unter diesen Umständen war es nicht gut eine Klinik aufzusuchen. Wer weiß, was man dort alles mit ihr anstellen würde. Er räusperte sich verlegen. »Dann werde ich jetzt deinen Fuß verarzten. Du hast sicher Schmerzen.«

»Hmmm«, summte Silby bestätigend und nickte mit schmerzverzerrtem Gesicht.

So nahm der Gärtner sie vorsichtig auf die Arme und trug sie zu dem kleinen Aufenthaltsraum, wo die Arbeiter tagsüber ihre Pause verbrachten. Dort setzte er sie behutsam auf einen Stuhl. »Ich hole nur geschwind etwas Salbe, bin gleich zurück«, rief er ihr zu und eilte hinaus.

Silby sah sich in dem Raum um. Neben einigen Tischen und Stühlen standen an der gegenüberliegenden Wand noch zwei große, bunte Kästen, die an mehreren Stellen leuchteten. Einer davon summte leise. So etwas hatte sie noch nie gesehen, deshalb musterte sie die beiden Quader interessiert, bis Robert wieder eintrat. Er zog sich einen Stuhl heran und setzte sich gegenüber der Elfe hin, hob dann behutsam ihr linkes Bein an und legte ihren Fuß auf seinen Schoß. Dann öffnete er die Tube mit der Salbe und verteilte diese vorsichtig auf den verletzten Stellen. Anschließend wickelte er einen Verband darum, um den Fuß zu stabilisieren.

»So, fertig. Jetzt müssten die Schmerzen schnell nachlassen.«
Silby bedankte sich verlegen, während Robert sich die Hände wusch. Als er wieder Platz nahm, fiel ihm ein, dass er sich noch gar nicht vorgestellt hatte. Das holte er nun rasch nach. Dann blickte er die Elfe nachdenklich an. »Was mach ich nun mit dir? Deinen eingerissenen Flügel kann ich leider nicht behandeln.«

»Das können nur die Elfen aus meiner Sippe, aber ich kann dort weder hinlaufen noch fliegen«, meinte Silby ein wenig verzweifelt.

»Wo wohnt denn deine Sippe?«, fragte Robert vorsichtig. »Vielleicht kann ich dich bis dorthin tragen.«

»Danke, das ist lieb von dir, aber du darfst dort nicht hingehen. Eigentlich hätte ich mich nicht einmal dir zeigen dürfen, doch ich wusste mir einfach nicht anders zu helfen«, gestand die Elfe kleinlaut.

»Dann solltest du auch nicht hierbleiben, denn da sehen dich noch viel mehr Menschen«, gab Robert zu bedenken.

»Oh nein, das geht auf keinen Fall!«, rief Silby erschrocken.

»Kannst du deine Sippe nicht irgendwie rufen, oder ihnen eine Nachricht zukommen lassen, damit sie dich hier abholen?«, fragte Robert.

Silby schüttelte resigniert den Kopf. »Das geht von hier aus leider nicht. Ach je, was soll ich denn nur machen?«, fragte sie schließlich verzweifelt.

Robert überlegte kurz. »Kannst du sie rufen, wenn ich dich etwas näher zu ihnen bringe?«

»Selbst das darfst du nicht«, antwortete Silby niedergeschlagen. »Sonst bekomme ich furchtbaren Ärger!«

»Wenn du längere Zeit nicht zurückkehrst, werden sie sich aber bestimmt große Sorgen um dich machen!«, meinte Robert ahnungsvoll.

Die Elfe nickte mit traurigem Blick. »Das ist ja das Problem! Ich bekomme auf jeden Fall großen Ärger, was ich auch tue, und das nur, weil ich so furchtbar schusselig bin!«

»Das ist doch nicht schlimm, wir alle machen Fehler«, versuchte der Gärtner sie zu beruhigen.

»Ja, schon, aber ich mache noch viel mehr Fehler, als die anderen!«, sagte Silby mit Tränen in den Augen. »Deswegen wachsen auch die Pflanzen da draußen nicht richtig, weil ich meine Magie nicht korrekt einzusetzen weiß. Alle anderen Elfen können das gut, nur ich nicht!«

»Ich glaube nicht, dass das etwas mit Magie zu tun hat«, meinte Robert schmunzelnd.

»Doch, das ist so! Nur wenn wir Elfen unsere Magie mit den Pflanzen teilen, gedeihen sie. Aber mir gelingt das einfach nicht! Ich bin eben keine gute Elfe« Silbys Stimme drohte zu brechen.

»Nun hör aber auf!«, polterte Robert und streichelte der Elfe über die Haare. »Du kannst das sicher genauso gut, wie die anderen Elfen. Vielleicht fehlt dir nur ein wenig Übung.«

Silby sah ihn mit feuchten Augen an. »Meinst du?«

Der Gärtner nickte bestätigend. »Da bin ich mir ganz sicher!«

»Vielleicht hast du ja recht. Mir fehlt es nämlich oft auch an der nötigen Geduld«, gab die Elfe kleinlaut zu.

»Aha!«, brummte Robert in gespielter Empörung, worauf Silby den Kopf einzog. »Dann muss diese kleine Elfe hier wohl erst einmal üben geduldig zu lernen!«

Das Elfenmädchen sah ihn mit gesenktem Kopf ziemlich verlegen an. »Wahrscheinlich hast du recht«, piepste sie leise.

»Du schaffst das schon!«, sagte der Gärtner aufmunternd und verstrubbelte ihr schmunzelnd die Haare. Anschließend blickte er nach draußen, wo sich die Sonne bereits dem Horizont näherte. »Dann sag mir doch, wo deine Sippe wohnt, damit ich dich dorthin tragen kann, bevor die Sonne untergeht.«

»Ich sagte dir doch, dass du das nicht darfst, weil ich sonst großen Ärger bekomme!«, antwortete Silby betrübt.

»Sie werden dir schon nicht gleich den Kopf abreißen. Ich kann ja auch ein gutes Wort für dich einlegen«, meinte Robert beruhigend.

»Das wird nichts nützen, aber ich habe wohl keine andere Wahl«, sagte Silby niedergeschlagen.

»Na gut«, sagte Robert, erhob sich, nahm die Elfe wieder auf die Arme und verließ zusammen mit ihr das Gebäude. Draußen zeigte ihm Silby die Richtung, in die er sich wenden musste. Sein Weg führte ihn unter zwei mächtigen Eichen hindurch, wobei ihm kurz die Sicht verschwamm, dann befand er sich plötzlich in einer ganz anderen Gegend! Vor ihm war in geringer Entfernung ein großes Waldgebiet zu sehen, vor dem sich eine schmale Grasebene erstreckte.

»Nanu, was ist denn jetzt passiert?«, fragte Robert verwirrt.

»Ich habe dich in ein magisches Portal geführt, durch das wir eure Welt betreten und verlassen. Mit Hilfe meiner Magie konntest du es durchdringen, sonst wäre dir das nicht möglich und eigentlich darfst du das auch nicht, aber diesmal ging es eben nicht anders. Dort vorne, in dem Wald lebt meine Sippe. Bitte setze mich hier ab und geh gleich wieder zurück. Ich kann das Portal nur kurze Zeit offen halten.

Robert setzte die Elfe sanft im Gras ab und streichelte ihr noch einmal über die Haare. »Soll ich denn nicht mit den Elfen reden, damit sie nicht zu sehr mit dir schimpfen?«, fragte er vorsichtig.

»Danke, das ist lieb von dir, aber das verursacht nur noch mehr Ärger, als ich sowieso bereits habe. Ich werd's schon überstehen«, sagte Silby ein wenig ängstlich.

»Na gut, dann bleibt mir nur, dir alles Gute zu wünschen. Werden wir uns wiedersehen?«

»Vielleicht, wenn die Elfen mir nicht verbieten, eure Welt nochmals zu betreten.« Dabei hatte sie Tränen in den Augen. Dann umarmte sie Robert ein weiteres Mal. »Danke für alles«, flüsterte sie mit rauer Stimme.

»Gern geschehen, liebe kleine Silby«, antwortete Robert und schluckte heftig, während er sich erhob. Dann streichelte er noch einmal über ihren Kopf und wandte sich schweren Herzens zum

Gehen. »Mach's gut!«, sagte er mit belegter Stimme und feuchten Augen. Sie winkten sich beide nochmals zu, dann durchschritt der Gärtner das Portal zwischen den Eichen und befand sich im nächsten Moment wieder auf dem Gartenschaugelände. Er sah noch einmal sehnsüchtig zurück, doch das Portal hatte sich bereits geschlossen. »Arme kleine Elfe, hoffentlich bestrafen sie das Mädchen nicht zu hart«, dachte der Gärtner, als er sich schließlich mit einem Wirrwarr an Gefühlen auf den Heimweg machte. Auch zu Hause verfolgte ihn das Erlebnis mit der Elfe noch längere Zeit und er machte sich tatsächlich ernsthafte Sorgen um das Mädchen. Irgendwie hatte die kurze Begegnung mit dem liebenswerten Schussel eine Saite in ihm zum Klingen gebracht, die nun nicht mehr verstummen wollte, was wohl daran lag, dass Robert alleine lebte. Bis heute hatte er noch keine Partnerin gefunden, die seine Liebe zur Natur teilte. Dabei wollte er doch so gerne eine Familie mit Kindern haben, was ihm bisher jedoch leider versagt blieb.

Auch an den folgenden Tagen musste er oft an Silby denken, doch er ließ sich nichts anmerken und ging wie gewohnt seiner Arbeit auf dem Gartenschau-Gelände nach. Was würden seine Kollegen wohl sagen, wenn er von der Begegnung mit der Elfe erzählte. Im besten Falle konnte er mit freundlichem Gefrotzel rechnen. Er selbst hätte ja mit Sicherheit genauso reagiert, wenn einer seiner Kollegen diese Geschichte erzählen würde. Also behielt er seine Gedanken und Sorgen für sich und schwieg. Leider änderte sich auch weiterhin nichts am Zustand der Beete, was Robert insgeheim dazu brachte, doch noch Silbys Worten zu glauben, dass die Pflanzen nur richtig gediehen, wenn die Elfen ihre Magie mit ihnen teilten. Schließlich brach der letzte Tag vor der Eröffnung der Gartenschau an. Als Robert an diesem Morgen das Gelände betrat, traute er seinen Augen nicht. Alle Pflanzen hatten sich scheinbar über Nacht zu voller Pracht entwickelt und ein Meer aus bunten Sträuchern und Blumen flutete die Anlage! Noch nie hatte der Gärtner eine solch überwältigende

Blütenpracht erlebt und stand nur noch staunend, voller Verwunderung vor der bunten Herrlichkeit. Seinen Kollegen erging es nicht anders und bald ging das scherzhafte Gerücht um, dass Robert irgendwelche Zauberkräfte besaß, die all dies bewirkt hatten. So wurden die letzten Vorbereitungen für die morgige Eröffnung der Gartenschau durchgeführt und alle Mitarbeiter gingen am Abend erleichtert und erfreut nach Hause, denn so würde auch dieses Jahr die Veranstaltung ein voller Erfolg werden. Nur Robert blieb, wie schon oft, noch alleine auf dem Gelände zurück und erledigte die letzten Handgriffe. Gerade lockerte er an einer Stelle noch einmal die Erde auf, als er plötzlich ein Summen hörte, das zu laut für ein Insekt war. Im nächsten Moment landete eine Elfe vor ihm! Wegen der tiefstehenden Sonne konnte er nicht gleich ihr Gesicht sehen, doch als sie näher kam, erkannte er das Mädchen sofort. »Silby!«, rief er erfreut, erhob sich rasch und umarmte die Elfe stürmisch. »Endlich bist du wieder da!«

Das Mädchen war von seiner heftigen Reaktion überrascht, umarmte ihn dann aber auch glücklich.

»Ich habe mir Sorgen um dich gemacht! Wie geht es dir denn?«, fragte der Gärtner.

»Du hast dir wirklich Sorgen um mich gemacht?«, fragte Silby erstaunt.

»Oh ja, und wie!«, bestätigte Robert. »Ich musste immerzu an dich denken und habe befürchtet, dass die Elfen dich hart bestrafen!«

»Ich bekam schon recht viel Ärger wegen meiner Verfehlungen. Unser Oberster war ziemlich sauer und hat mir eine lange Strafpredigt gehalten, doch der Schamane konnte ihn beruhigen und davon überzeugen, dass eine schwere Strafe auch nichts ändern würde. Statt dessen musste ich die folgenden Tage ständig Magie und Fliegen üben, von morgens bis abends. Das war ganz schön hart und für mich bereits Strafe genug! Aber es hat sich gelohnt durchzuhalten. Jetzt beherrsche ich meine Magie wenigstens endlich vollständig und fliegen kann ich nun auch wesentlich besser.«

»Oje, das war bestimmt nicht einfach für dich«, sagte Robert.

»Oh nein, ganz sicher nicht! Aber ich bin ja selbst schuld, weil ich immer so ungeduldig war. Diesmal habe ich deinen Rat befolgt und mich in Geduld geübt, wenn es auch oft schwerfiel«, gestand Silby ein wenig verschämt.

Robert lächelte vergnügt und drückte die Elfe noch einmal herzlich. »Ach Silby, ich bin so froh, dass du wieder da bist!«

»Ich habe dich auch sehr vermisst«, gab die Elfe darauf verlegen zu. »Zuerst wollte mich der Oberste nicht mehr zu dir lassen, doch schließlich ließ er sich doch erweichen und hat es mir erlaubt. So konnte ich mich wenigstens für deine Hilfe bedanken. Ich hoffe, dass ich letzte Nacht alles richtig gemacht habe und der Garten deinen Vorstellungen entspricht.«

»Robert bekam große Augen. »Dann hast du das alles hier vollbracht?«, fragte der Gärtner beeindruckt und machte eine ausholende Geste.

»Hmmm!«, summte Silby vergnügt und mit strahlendem Lächeln. »Ich hoffe, ich habe dir damit eine kleine Freude gemacht.«

»Du hast mir sogar eine sehr große Freude bereitet!«, versicherte Robert. »So schön haben die Gärten noch nie geblüht!« Dann streichelte er mit einer Hand über ihre Haare. »Danke! Das hast du ganz toll gemacht!«

Silby wurde kurz rot vor lauter Verlegenheit. »Es freut mich, wenn es dir gefällt!«, sagte sie glücklich.

»Das tut es mit Sicherheit! Dass du wieder da bist, freut mich jedoch am meisten!«, sagte Robert fröhlich. »Ich hoffe, du musst nicht gleich wieder gehen.«

»Silby schüttelte lächelnd den Kopf. »Nein, ich darf so lange bleiben, wie ich will.«

»Das ist schön«, meinte Robert erfreut.

»Übrigens möchte dich unser Oberster und der Schamane gerne kennenlernen«, sagte die Elfe fröhlich.

»Die wollen mich kennenlernen?«, fragte der Gärtner ungläubig.

»Hmmm!«, summte Silby wieder vergnügt und nickte.

»Muss ich mich dafür schön anziehen?«, fragte Robert unsicher.

Silby lachte auf. »Nein, musst du nicht!«

»Wann und wo soll denn das Treffen stattfinden?«

»Den Zeitpunkt darfst du bestimmen. Ich werde dich dann nochmals durch das magische Portal führen, denn hier ist das Risiko zu groß, dass wir von anderen Menschen gesehen werden«, erklärte Silby.

Robert nickte verstehend und dachte kurz nach. »Dann wäre es das Beste, wenn wir uns gleich heute treffen, falls euch das auch recht ist. Denn während der Gartenschau habe ich immer sehr viel zu tun und arbeite oft bis in die Nacht hinein.«

»In Ordnung«, sagte Silby gut gelaunt. »Komm bitte mit«, bat sie mit einer auffordernden Geste. Dann machten sie sich zu Fuß auf den Weg.

»Sag mal, wie begrüßt ihr Elfen euch eigentlich?«, wollte Robert wissen.

Silby blieb stehen, legte die rechte Hand auf die Brust und verneigte sich leicht. »So machen wir das«, erklärte sie freundlich.

Der Gärtner bedankte sich und lief dann mit wachsender Nervosität neben Silby her, wobei es ihn erstaunte, wie gelassen die Elfe blieb. Schließlich würden sie gleich zwei hochrangigen Vertretern der Elfen begegnen. »Muss ich irgendetwas bei dem Treffen beachten, oder mich besonders verhalten?«

»Nein, musst du nicht«, antwortete Silby gerührt, blieb stehen und nahm seine Hand. »Keine Sorge, sie wollen dich nur kennenlernen, das ist alles. Du brauchst dich nicht zu fürchten. Sie werden nicht mit dir schimpfen, oder dich bestrafen. Verhalte dich einfach wie immer. Sie werden dich sicher mögen!«

»Meinst du?«, fragte Robert unsicher.

»Ganz bestimmt!«, antwortete Silby beruhigend und streichelte seine Hand.

»Hoffen wir's«, meinte der Gärtner skeptisch.

Kurze Zeit später durchschritten sie das magische Portal zwischen den Eichen und gingen bis zum Waldrand, wo Silby stehen blieb. »Warte bitte einen Moment, ich werde die Elfen rufen.« Sie schloss kurz die Augen und konzentrierte sich. Robert war immer noch nervös, weshalb sie nochmals seine Hand streichelte und ihm ein liebevolles Lächeln schenkte. Kurze Zeit später hörten sie ein lautes Summen, dann landeten zwei männliche Elfen vor ihnen, welche die gleiche Größe wie Robert hatten. Allerdings waren sie feingliedriger als der kräftige Gärtner. Beide trugen eine Tunika mit knielanger Hose. Robert hatte erwartet, dass ihre Kleidung gemäß ihrem Rang geschmückt war, oder zumindest gewisse Statussymbole zeigte, doch die Tuniken waren nur einfach gemustert. Beide verbeugten sich auf die gleiche Art, wie Silby es dem Gärtner zuvor gezeigt hatte, worauf Silby und Robert die Geste wiederholten.

»Seid gegrüßt!«, sagte der Elf, welcher Robert gegenüber stand. »Sein Name ist Serem'Gor, unser Schamane.« Dabei zeigte er auf den Elf neben sich. »Ich bin Genjo Larin, der Oberste dieser Elfensippe«, stellte sich der Elf anschließend selbst vor. »Dein Name ist Robert?«, fragte er dann den Gärtner.

Der verbeugte sich nochmals etwas steif. »Jawohl.« Durch ihre zierliche Gestalt erschienen die Elfen größer, als sie waren. Zusammen mit ihren edlen Gesichtszügen wirkten sie ein wenig einschüchternd auf Robert.

Über das Gesicht des Obersten huschte ein Lächeln. »Willkommen auf dieser Welt!« Der Elf musterte den Gärtner kurz. »Vielen Dank, dass du unserer Silby geholfen hast und sie wieder zu uns brachtest.«

»Das ... habe ich gerne gemacht«, antwortete Robert unsicher. »Falls ich dabei etwas Unrechtes getan habe, tut es mir leid. Das war keine Absicht.«

»Keine Sorge, du hast nichts Unrechtes getan. In diesem Fall blieb dir nichts anderes übrig, als das Portal zu durchqueren, da Silby weder fliegen, noch laufen konnte. So hast du von unserer Sippe und dieser Welt erfahren. Ich kann dich nur bitten, dein Wissen nicht weiter zu geben«, sagte Genjo Larin.

»Das verspreche ich gerne. Ich werde bestimmt niemandem davon erzählen«, versicherte Robert. »Darf ich wenigstens Silby von Zeit zu Zeit wiedersehen?«

»Ihr dürft euch so oft und solange sehen, wie ihr wollt«, war die überraschende Antwort des Obersten. »Allerdings muss ich darauf bestehen, dass ihr eure gemeinsame Zeit auf dieser Welt verbringt, damit keine weiteren Menschen auf uns aufmerksam werden. Deshalb wird dir Serem'Gor die Fähigkeit geben, das Portal zu durchdringen. Nur du alleine darfst hindurchgehen, niemand sonst!«

»Danke ... das ist ... sehr freundlich von euch!«, meinte Robert, der sein Glück nicht fassen konnte und erfreut Silby an sich drückte. Die Elfe umarmte ihn mit einem strahlenden Lächeln und bedankte sich ebenfalls bei Genjo Larin. Dann machte der Schamane einen Schritt auf Robert zu.

»Darf ich dich berühren?«, fragte Serem'Gor respektvoll.

»Aber sicher!«, antwortete der Gärtner.

Der Schamane legte ihm die Hand auf den Kopf und murmelte etwas Unverständliches. Im nächsten Moment fühlte der Gärtner, wie er für kurze Zeit von angenehmer Wärme durchströmt wurde.

»Nun kannst du das Portal passieren. Sei aber sehr vorsichtig, dass dich niemand dabei beobachtet!«, ermahnte ihn der Schamane. »Du solltest zuvor prüfen, ob eine Durchquerung gefahrlos möglich ist. Silby wird dir zeigen, wie das geht.«

»Vielen Dank! Ich werde gut aufpassen«, versprach Robert.

»Nur wenigen Menschen wurde dieses Privileg zuteil, unsere Welt zu betreten. Solange du uns mit Respekt und Anstand begegnest, hast du nichts zu befürchten. Missbrauchst du jedoch dieses Geschenk, musst du unsere Welt sofort verlassen und darfst nicht mehr zurückkehren!«, ermahnte ihn Genjo Larin. Dann wandte er sich Silby zu. »Erkläre ihm unsere Regeln und Gebräuche, damit er sich nicht aus Unwissenheit etwas zu Schulden kommen lässt.«

»Das mache ich gerne!«, versicherte die Elfe.

»Und sei in Zukunft vorsichtiger!«, ergänzte der Oberste mit strengem Blick.

Silby zog unbewusst den Kopf ein. »Ich versprech's«, antwortete sie kleinlaut.

Genjo Larin nickte ihr zu, worauf sich sein Gesicht aufhellte. »Dann bleibt mir nur, euch eine angenehme Zeit zu wünschen.«

»Vielen Dank für alles!«, gab Robert zurück und machte eine leichte Verbeugung. Auch Silby bedankte sich nochmals bei ihm.

»Gern geschehen«, bestätigte der Oberste und gab Serem'Gor einen Wink. Beide verabschiedeten sich mit einer leichten Verbeugung. Dann hoben sie ab und flogen in den Wald zurück.

Silby hüpfte darauf mehrmals vor Freude und umarmte Robert überglücklich. »Wir dürfen tatsächlich zusammenbleiben! Wie mich das freut!«

Der Gärtner drückte sie liebevoll an sich. »Ach, kleine Silby, ich bin ja auch so froh darüber!« So standen sie beide längere Zeit eng umschlungen beisammen und genossen die gegenseitige Nähe. Mittlerweile hatte es zu dämmern begonnen und Robert sah auf seine Uhr. »Oh, schon so spät!« Ich sollte bald zurückkehren, denn morgen muss ich früh aufstehen, weil die Gartenschau beginnt. Dann habe ich zwar sehr viel zu tun, doch ich verspreche dir, dass ich so oft wie möglich zu dir kommen werde.«

»Darüber würde ich mich sehr freuen!«, antwortete Silby mit strahlendem Lächeln. »Denk einfach nur intensiv an mich, wenn du das Portal durchschritten hast, dann weiß ich, dass du da bist, und werde so schnell wie möglich zu dir kommen.«

»Das mache ich!«, versprach Robert. »Komm, lass uns noch ein wenig spazieren gehen, bevor es ganz dunkel wird. Ich möchte so oft und so lange wie möglich bei dir sein.«

»Das will ich auch!«, gab Silby glücklich zurück.

So schlenderten sie Arm in Arm über die Grasebene und plauderten fröhlich, bis die Sonne knapp über dem Horizont stand. »Jetzt muss ich leider gehen, aber wir sehen uns bestimmt bald wieder«, versprach Robert.

Silby begleitete ihn noch bis zum Portal und zeigte ihm, wie er es gefahrlos durchqueren konnte. Sie umarmten sich noch einmal liebevoll, dann winkten sie sich zu, während Robert erneut auf die andere Seite mit dem Gartenschaugelände wechselte. Dort machte er sich rasch auf den Heimweg.

In den folgenden Tagen gab es viel zu tun, doch der Gärtner hatte wie üblich viel Spaß bei seiner Tätigkeit, pflegte die Beete und beantwortete den Besuchern gern ihre Fragen. Er erteilte Informationen für die Gestaltung von Grünanlagen und gab mit Freude seine langjährigen Erfahrungen als Gärtner weiter. Dabei war er so fröhlich wie nie zuvor, was auch seinen Kollegen angenehm auffiel, und schon bald ging das Gerücht um, dass Robert eine heimliche Freundin hatte. So falsch lagen sie da gar nicht, doch sie hätten sehr gestaunt, wenn sie die Wahrheit erfuhren. Die behielt Robert jedoch für sich und kostete jede Minute aus, die er mit Silby verbringen durfte. Die beiden sahen sich, so oft es ging, und genossen ihre gemeinsame Zeit. Das ist bis heute so geblieben und beide sind immer noch glücklich miteinander!

Dank Silbys Magie gediehen die Pflanzen weiterhin prächtig und die Gartenschau wurde ein großer Erfolg!

Nachwort

Liebe Leser,

Sie sind nun an das Ende unseres kleinen Büchleins gekommen. Wir hoffen, Sie gut und abwechslungsreich unterhalten zu haben.

Falls Sie beim Lesen auf den Geschmack gekommen sind und den einen oder anderen Autoren für sich entdeckt haben, so gibt es von diesen viele weitere schöne Bücher bei mir im Laden zu entdecken.

Falls Sie nach dem Lesen dieses Buches noch Fragen, Anregungen, Vorschläge haben, können Sie sich gerne mit mir in Verbindung setzen. Ich bin offen für kreative Ideen. Ralf Neubohn, Antiquariat der Nöck, Zwerchgasse 6, 71332 Waiblingen, Telefon 07151 1336165, E-Mail: antiquariat.noeck@gmx.de

Unter dieser Adresse können Sie sich auch bei mir melden, falls Sie einmal eine Lesung buchen wollen.

Mit freundlichen Grüßen und bis bald?

Ihr Ralf Neubohn

Über den Autor Ralf Neubohn:

Ralf Neubohn hat bereits zahlreiche Bücher geschrieben bzw. herausgegeben und ist einem breiten Publikum durch regelmäßige Lesungen bekannt. Er betreibt ein angesehenes Buchantiquariat und fördert neue Autoren durch Herausgabe von Anthologien und Veranstaltung von Lesungen.

Er hat auch mehrere Literaturpreise gestiftet. Z.B. den „Neuen Literaturpreis Remstal".

Neubohn schreibt Krimis, Lyrik, heitere Romane und Kurzgeschichten.

Sein Kurzkrimiband „Neubohns Krimihäppchen" kommt bei den Lesungen immer besonders gut an. Bei den heiteren Büchern vor allem „Alle Autoren an Bord!" und „Im Tal der Autoren".

Beide Bände haben den Vorteil für die Leser, dass sie mit diesen einen humorvollen Blick hinter die Kulissen des Autorentums werfen können. Und das ist doch ganz interessant und lehrreich.

Lesetipp:

Ralf Neubohn und Michael Kerawalla: „Im Tal der Autoren"

Für dieses Buch schrieb Ralf Neubohn unter anderem folgende Texte:

Der Roman

Sam beendete 3 Jahre Schreibarbeit an seinem neuesten Roman mit einem guten Gefühl. Alle goldenen Regeln seines Verlegers fanden sich in dem Werk wieder. Anspruchsvoll geschrieben, ein kritischer Spiegel der Zeit und sorgfältig recherchiert.
Stolz begab er sich damit zu seinem langjährigen Verleger. Dieser las das Buch mit einem Stirnrunzeln durch und sprach die goldenen Worte: „Um erfolgreich zu sein, darf ein Roman nirgends politisch anecken. Streichen Sie daher bitte alle betreffenden Stellen. Natürlich wollen wir auch niemandes religiöse Gefühle verletzen oder Wirtschaftsbossen auf die Füße treten. Sie verstehen doch, dass diese Teile deshalb raus müssen. Zuviel Sex und Gesellschaftskritik sind auch nicht mehr zeitgemäß, sie fallen ebenfalls weg. Natürlich wollen wir uns bei niemandem anbiedern und langweiligen Mainstream vermarkten, wir passen uns nur etwas der Zeit an." Damit gab er den von 520 Seiten auf 3 Seiten gekürzten Roman in Druck, der ein großer Erfolg wurde.

Zurück zu den Wurzeln

Seneca, Cato und Tolstoi hatten vollkommen recht: Nichts geht über das einfache Landleben. Weg von all dem unnötigen Schnickschnack zurück zum Urtümlichen. Nur von den allernotwendigsten Hilfsmitteln begleitet leben.

Während ich diese Zeilen auf meinen Laptop schreibe, geht draußen die Außenbeleuchtung automatisch an. Vermutlich ist eine Katze durch die Lichtschranke gelaufen. Ein Surren zeigt an, dass die Rollläden mittels Zeitschaltuhr pünktlich heruntergelassen werden. Ich gehe in die Küche aus der Tiefkühltruhe frisches Gemüse für die Mikrowelle holen. Unterwegs blinkt mich im Flur das drohend rote Auge des Anrufbeantworters an. Aus dem Büro höre ich das Fax nach neuem Papier fiepsen und Informationen aus dem Internet plärren.

Bei so viel Stress starte ich mittels Fernbedienung erstmal eine Musik-CD und gönne mir aus der chromglitzernden Expressomaschine ein Anregungsmittel. Zwischenzeitlich ist das Gemüse fertig geworden. Es hat dieses Mal 1 skandalöse Minute länger gedauert! Zeit die alte Mikrowelle gegen eine schnellere auszutauschen! Ich muss wegen eines neuen Navigationsgerätes sowieso in die Stadt.

Im Esszimmer angekommen greife ich zur Gabel, als sowohl das Handy klingelt, als auch das E-Mail Postfach nach mir verlangt. Doch die müssen beide in die Warteschleife, da pünktlich zum Essen im Fernsehen meine Lieblingsserie startet, die ich auf dem extragroßen LCD-Bildschirm sehe.

Mittels Fernbedienung schalte ich die Heizung etwas höher und genieße die Wärme und das Mikrowellengemüse sehr.

Ja, die großen Denker wussten, was sie sagten: NICHTS geht über das urtümliche, einfache Landleben! Zurück zu den Wurzeln!

Lesetipp:

Flammenfeder „Live von der Gartenschau"

In diesem Buch berichten Ralf Neubohn und Michael Kerawalla heiteres aus dem Paradies für Blumenliebhaber. Beide sind Mitglieder der Autorengruppe Flammenfeder, die dieses Buch herausgebracht hat. Folgend ein paar Textproben Ralf Neubohns daraus:

Computerexpertin Petrulia

Paul saß zufrieden in seinem Kinderzimmer, heute gab's in der Schule endlich mal keine Hausaufgaben. Er konnte also nun die langersehnte Radtour auf dem Gartenschaugelände machen! Er freute sich sehr darauf. Draußen schien die Sonne und rief ihm förmlich zu: „Komm, komm!" Als er gerade zu seinem Drahtesel eilen wollte, stand plötzlich seine nervige Schwester Petrulia in der Tür. Was für ein Schock, denn das bedeutete stets etwas Schlimmes.

Sie sprach: „Paul! Ich muss noch von gestern meine Hausaufgaben nachholen. Da es soviel ist, mache ich sie an Deinem Computer." Paul zuckte tief erschrocken zusammen. Seine chaotische und eingebildete Schwester an seinem geliebten Computer! „Dich kann ich nicht allein an meinen PC lassen. Du hast doch keine Ahnung davon!"

Petrulia erwiderte triumphierend: „Mutter hat es mir erlaubt! Sie meint, dass ich groß genug dazu bin."

Paul biss sich auf die Zunge, um nichts über ahnungslose Mütter im Allgemeinen und vor allem in diesem speziellen Fall zu sagen, und startete gottergeben seinen Computer. Er harrte schicksalsergeben der nun folgenden inneren Leiden, die auch prompt eintraten.

„Paul? Was heißt eigentlich PC? Pauls Computer?"

„Nein", entgegnete er genervt. „Es heißt Petrulias Chaos. So, jetzt gebe ich das Codewort ein."

„Kotwort", zischte Petrulia entsetzt. „Heißt dass, dass der Computer mit Scheiße zu tun hat?"

Paul stöhnte verzweifelt. Mütter und Schwestern konnten einem wirklich das Leben versauern. Von wegen Petrulia ist groß genug! Doch da er noch mit dem Rad wegwollte, ließ er sich auf keine Diskussion ein. „So, jetzt mache ich nur noch schnell einen Quick Scan."

Petrulia starrte ihn schockiert an. „Warum wird ein Schwein geröntgt? Oder wird das Schwein wie die Waren an der Supermarktkasse gescannt? Aber wozu? Was hat das denn jetzt mit uns zu tun?"

„Schwestern gehört das Gehirn gescannt", dachte er erbittert. „Sofern sie denn überhaupt eins haben."

Laut giftete er: „Das hat nichts mit Schweinen zu tun! Es ist eine wichtige Funktion des Virenscanners."

„Ach", seufzte Petrulia erleichtert. „Hat Dein PC Grippe? Sag das doch gleich!"

Paul brummelte ablenkend: „Wir schreiben nachher Deine Hausaufgaben in Times New Roman."

„WAS?" rief Petrulia begeistert. „Meine Hausaufgaben kommen in die Times als neuer Roman? Ich wusste doch, dass meine Aufsätze super sind. Nur meiner dummen Lehrerin ist das noch nicht klar."

Paul litt entsetzlich, wir legen den Mantel des gnädigen Schweigens über die nächste Stunde. So meinte seine Schwester unter anderem: „Tool bar? Das ist toll, denn ich habe gerade Durst."

Als nach vielen inneren Leiden seine Schwester ihn verließ, warf sich der arme Paul völlig erledigt aufs Bett.

Dort fand ihn dann später seine Mutter: „Was machst Du hier noch? Ich dachte, Du wolltest radeln! Dauernd hast Du beim Mittagessen genervt, dass Du heute eine Radtour machen willst. Nutze nun auch wirklich die schöne Sonne aus. Also, mit Euch jungen Leuten ist einfach nichts mehr los! Ihr wisst einfach nicht, was Ihr wollt! Erst nervst Du beim Mittag wegen dem Radeln und dann liegst Du den ganzen Nachmittag nur faul rum!"

EOCXTE – CD Shop

Eines Tages erschien in einem aus Datenschutzgründen nicht näher genannten Geschäft in Waiblingen ein neuer Kunde. Die Ladenbesitzerin bediente ihn zuvorkommen und sagte später beim Abschied: „Ich hoffe, Sie kommen bald wieder."

Der Kunde antwortete galant: „Sicher. Sie sind so kompetent und freundlich wie Herr Neubohn es neulich bei der Lesung auf der Gartenschau erzählte. Er liest ja öfters in verschiedenen Läden unserer schönen Stadt, um dadurch die Innenstadt zu beleben. Eine gute Idee von ihm. Auf wiedersehen Frau Elpinike."

Das Lächeln der Ladeninhaberin erlosch so plötzlich, wie das Lächeln eines Managers, wenn es keine 10 % Boni gab. Sie erwiderte erstaunt: „Elpinike? Ich heiße Röchelbaum."

„Oh", flüsterte der Kunde. „Entschuldigen Sie bitte die Verwechslung. Ich dachte Sie heißen; Eutalia Ottilie Clothilde Xanthippe Tussnelda Elpinike und sind die Inhaberin."

Frau Röchelbaums ohnehin schon große Augen wurden noch größer, wie im Märchen vom Rotkäppchen – damit ich Dich besser sehen kann – und ihr Mund wuchs auch – damit ich Dich besser fressen kann - !

„Ich bin die Inhaberin. Hier gibt es keine Frau Eutalia Ottilie Clothilde Xanthippe Tussnelda Elpinike. Wie kommen Sie denn darauf?"

„Ach", raunte der Mann erstaunt. „Da muss Herr Neubohn was verwechselt haben. Als er mir von ihrem schönen Laden EOCXTE – CD Shop erzählte, fragte ich ihn, was der Name EOCXTE voll ausgeschrieben heißen würde. Und er meinte: Ah, öh, natürlich ist es wie bei den meisten Läden, er ist nach der Inhaberin benannt. Und der Name der Inhaberin lautet hier Eutalia Ottilie Clothilde Xanthippe Tussnelda Elpinike."

Wir wissen leider nicht, was Frau Röchelbaum dachte, als sie dies hörte, aber Herr Neubohn bekam tags darauf gründlich den senilen Kopf gewaschen. Das beweist mal wieder: Die Schwaben sind in Wahrheit gar nicht so geizig! Denn in Schwaben wird oft jemand gratis der Kopf gewaschen und das trotz der teuren Schampoopreise!

Besuch auf der Gartenschau

Claudia, Elke und Sieglinde saßen auf den Remsterrassen und schauten herab in die tobenden Fluten der Rems. Da zur Zeit der Pegel auf Rekordtief lag, schauten aus den mächtigen Fluten zwei kleine Inseln heraus. Was die drei nicht wussten: es waren keine kleinen Inseln. Sondern die verschütteten Vulkankegel der Insel Atlantis, die bis zu einem großen Vulkanausbruch in der Rems lag. Die drei Mädchen lösten sich vom Anblick der vermeintlichen Remsinseln und gingen mit ihren Freunden weiter über das wunderschöne Gartenschaugelände. Bisher verlief alles friedlich. Sonst gerieten sich ihre Freunde im Fußballstadion oder bei politischen Veranstaltungen immer in die Haare. Doch heute würde es sicherlich harmonisch verlaufen, nichts ist besänftigender fürs Gemüt, als Sonne und schöne Blumen. Dachten die drei Mädels, bis es bei einem besonders reizenden Blumenbeet wieder zwischen den drei Jungs krachte: „Du vulgäres Veilchen! Die schönsten Blumen sind die Rosen!" „Quatsch! Du rostige Rose! Nichts geht über zarte Veilchen! Und wenn Du willst, kannst Du von mir gleich zwei blaue Veilchen haben." „He, hört, mal ihr zwei Streithähne, am schönsten sind die Tulpen." „Was? Das hätten wir wissen müssen, dass Du eine tumbe Tulpe bist. Du mit Deiner krakeligen Kaktusnase!"

So ging es den ganzen Nachmittag weiter. Die leidgeprüften Mädchen beschlossen deshalb am nächsten Wochenende lieber mit ihren Freunden ins Fußballstadion zu gehen, denn dort dauerte deren Zoff untereinander nur 90 Minuten.

Lesetipp:

Ralf Neubohn: „Die Gartenschau Morde"

Enthält Kurzkrimis und schwarze Humor Gedichte.

Das Gartenschauwunder

Hans saß auf den Remsterrassen und las sein Lieblingsbuch „Neubohns Krimihäppchen" zu Ende. Er las es seit Jahren immer wieder von vorn, weil ihn diese Mischung aus Kurzkrimis und Humor sehr ansprach.

Nun griff er zu Neubohns originellem Werk „Im Tal der Autoren", um es ebenfalls in Ruhe zu genießen. Die Sonne schien, vor ihm floss die Rems plätschernd vorbei, was konnte es Schöneres geben? Völlig entspannt blickte er auf die beiden Remsinseln zu seinen Füssen und schlug das Buch mit den heiteren Geschichten aus dem Autorenleben voller Vorfreude auf.

Doch dann schoss es ihm durch den Kopf: „Ich bin doch nicht zum Lesen hier, sondern zum Arbeiten!" Bedauernd legte er das Buch zur Seite und stand auf. Nur durch seine hohe, professionelle Arbeitseinstellung gelang ihm der Aufbruch aus dem sonnigen Paradies. Überall schlenderten seine Kunden über das Gartenschaugelände. Hans gefiel am besten der Teil beim See am Hallenbad und jener bei der Kunstlichtung. Dort fanden immer so schöne Lesungen statt. Doch wo auch immer seine Kunden auf ihn warteten, da ging er hin. Vom Bädertörle in Waiblingen bis nach Schorndorf lag sein Arbeitsbereich. Sein ganzer Ehrgeiz lag darin, dort überall gleichmäßig gut zu arbeiten.

Kein Gebiet des schönen Gartenschaugeländes durfte vernachlässigt werden. Denn die Arbeit rief überall dauernd nach ihm. Eine große

Verantwortung lag auf Hans. Es gab sehr viel zu erledigen. Die Gartenschau kam gerade im richtigen Augenblick, um in finanziell schwerer Zeit Geld in seine Kassen zu spülen. Dankbar dachte er: „Ein Wunder, diese Gartenschau! Schönes Gelände, wunderbare Blumen, ein Ort zum Genießen. Und um nebenbei gute Geschäfte zu machen! Was will man mehr?"

Zufrieden schlendernd besah er sich entzückt die Landschaft und die Hosentaschen der Besucher. Ein Traum für Taschendiebe wie ihn. Vielleicht treffen sie ihn ja mal an seinem Arbeitsplatz. In diesem Falle wünsche ich Ihnen viel Glück!

Überraschung!

Herr S. Chrecklich spazierte in Weinstadt über das Gartenschau-gelände. Ihm gefiel die schön gestaltete Anlage sehr. Vor einem Blumenbeet mit roten Rosen blieb er bewundernd stehen. Wie prachtvoll sie blühten! Neben den Rosen stand einzeln eine sehr große, äußerst merkwürdige Pflanze. Er konnte sie keiner ihm bekannten Art zuordnen. Diese Pflanze lenkte ihn so ab, dass er das Herannahen eines offensichtlich tollwütigen Hundes erst zu spät bemerkte. Es blieb ihm keine Zeit zu fliehen, keine Chance auf Rettung. Herr S. Chrecklich schloss erstarrt vor Schreck die Augen. Ein lautes „Schlurp" ließ ihn auffahren. Die Pflanze hatte sich über den Hund gebeugt und ihn verschlungen! Vermutlich ein Ergebnis des Klimawandels. Früher gab es hier in Weinstadt keine fleischfressenden Pflanzen. Da kam ihm eine geniale Idee! Auf diese Art könnte er seinen nervigen Schwager loswerden! Diesen ohne Spuren beseitigen! Der perfekte Mord! Einfach genial! Bereits zwei Tage später schlenderten sie beide gemeinsam über die Gartenschau. Als niemand in Sicht war, schlug er seinen verhassten Schwager nieder und schleifte den Betäubten zur fleischfressenden Pflanze. Diese würde mit einem lauten „Schlurp" alle Spuren seiner Tat wie geplant beseitigen. Tat sie auch. Nur schluckte sie beide zusammen weg. Tja, selbst der beste Plan kann einmal scheitern.

Pech gehabt

Verächtlich verzog Hans das Gesicht. Wieder lief ein Gartenschaubesucher mit hervorstehendem Geldbeutel vor ihm. Ein Kinderspiel sich seiner Börse zu bemächtigen. Egal, ob in Heilbronn, Waiblingen, Schorndorf, Winterbach oder anderswo, sein Geschäft lief weiterhin blendend. In jeder Stadt lechzten scheinbar die Gartenschaubesucher förmlich danach, von ihm erleichtert zu werden. Diese unfreiwilligen Spenden machten es ihm erst möglich, seine teure Freundin bei Laune zu halten. Mit dem Erlös seiner heutigen „Arbeit" konnte ein netter Abend mit ihr finanziert werden. Zuerst der Besuch eines Konzertes, anschließend ein Galadinner.

„Ein Glück, dass diese Idioten sich so leicht bestehlen lassen", dachte Hans voller Herablassung.

Als er abends mit seiner Freundin an der Konzertkasse stand, befiel ihn ein großer Schock: „Ich bin bestohlen worden! In was für einer furchtbaren Welt leben wir denn, dass man einfach so bestohlen werden kann!" Hans bedauerte sich ausführlich selber, während seine Freundin überlegte, ob sie sich weiterhin mit so einem unfähigen Schussel abgeben sollte, der sich beklauen ließ.

Reizende Reise

Richard R. Riesling befand sich gern auf deutschen Gewässern. Ob Bodensee, Mosel, Rhein, überall gefiel es ihm ausnehmend gut. Leider mochten ihn seine Mitpassagiere umso weniger. Es muss leider gesagt werden: Herr Riesling trank meist härtere Sachen als Riesling und wurde dann extrem unleidlich. Häufig sogar gewalttätig.

Bei seiner neuesten Kreuzfahrt fuhr er auf dem Neckar an der Gartenschaustadt vorbei, als es zu einem schwerwiegenden Zwischenfall kam.

Seit 20.00 Uhr hielt er sich an seine strenge Whiskydiät und nahm nichts anderes mehr zu sich. Mit jedem weiteren Glas stieg seine Gewaltbereitschaft und er pöbelte immer häufiger seine Mitreisenden übel an.

Gegen Mitternacht schrie Herr Riesling Frau Nemesis an: „Was geht es Sie an, wie viel ich trinke? Und wem ich meine Meinung sage? Was denken Sie eigentlich, wer Sie sind?" Darauf kam drohend die unheilverkündende Antwort: „Wie ich Ihnen schon sagte, ich bin Nemesis!" Da unser Reisender sich nur mit Alkohol auskannte und mit sonst gar nichts, stürzte er sich auf Nemesis, um sie von Bord zu stoßen.

Durch einen Kampfsporttrick seines vermeintlichen Opfers landete der Alkoholiker stattdessen selber im Neckar. Der Kapitän hörte das Aufklatschen im Wasser und rief: „Mann über Bord!", was sofort die verschiedensten Rettungsmaßnahmen einleitete. Doch die Dunkelheit behinderte die Suche so sehr, dass er erst zu spät aus dem Hades, äh, Neckar gefischt wurde.

Der Kapitän sah den Ertrunkenen vor sich auf den Planken liegen und sprach nachdenklich: „Riesling verträgt sich mit zuviel Wasser nicht!" Ein Satz, in dem viel Wahrheit lag. Die Suche nach Nemesis blieb erwartungsgemäß erfolglos, denn die kommt und geht bekanntlich, wie sie will.

Der Banküberfall

Xavers Plan bot sich förmlich von selbst an. Durch die Touristen, die zur Gartenschau wollten, kam in Heilbronn der normalerweise schon starke Feierabendverkehr fast zum Erliegen.

Wer zu dieser Zeit eine Bank überfiel, konnte sich sicher sein, dass die Polizei zu lange brauchen würde, um sich durch den Stau von Pendlern und Touristen durchzukämpfen. Bis sie die Bank erreichte, befand er sich mit seinem Fluchtauto schon wo ganz anders.

Er parkte direkt vor der Bank, stürmte mit gezogener Pistole herein und verlangte das Geld. Alles verlief gut, bis er aus seinen Augenwinkeln eine Bewegung am rechten Rand sah. Wo kam der Mann plötzlich her? Eben lag die Schalterhalle doch noch völlig leer vor ihm!

Hätte Xaver besser recherchiert, wäre ihm bekannt gewesen, dass rechts von den Schließfächern im Keller eine Treppe heraufführt. Und von dort stürmte nun ein Sicherheitsbeamter auf ihn zu. Spontan und eigentlich ungewollt erschoss Xaver ihn und flüchtet tief erschrocken zum Auto. Genauer gesagt zu dem Ort, wo sich bis vor kurzem sein Auto befand, bevor es ein Autodieb stahl. „Nun gut, dann fliehe ich halt zu Fuß", dachte er. Es war das Letzte, was ihm in Freiheit je durch den Kopf ging. Denn bei den oberflächlichen Besichtigungen des Tatorts hatte Xaver es versäumt, sich die Umgebung näher anzuschauen. Gegenüber der Bank lag ein Imbiss, in dem viele Polizisten verkehrten, die nun mit gezogener Waffe vor ihm standen.

Im Fußball wird so etwas Eigentor genannt. Dafür gibt es keinen Applaus, höchstens Buhrufe.